김 순 오
시 집

초록빛
고백

김순오 시집

초록빛 고백

시간의 숲

초록빛 고백

생각나는가 그대여
우리가 처음 만난 그날 밤을

연경의 깊은 밤
캄캄한 하늘에 수없이 흐르던 별똥별

인력거에 실리어
집으로 오면서 설레던 맘 지금도 여전해

그 후 70년
한 번의 이별도 없이

무수한 상처 속의 세월

변함없는 초록빛으로 버텨낸 우리

끝 모를 나의 아픔
마주 볼 때마다 할 말을 잃은 그대

그대와 나만 아는
짙은 초록빛 침묵

먼 연경에서 만나 지금까지
운명의 수호신 그대여
그 사랑 초록빛 고백.

2003년 《학여울 散調(산조)》라는 이름으로 첫 시집을 상재하였습니다. 그로부터 14년 만에 제2시집 《초록빛 고백》을 내놓게 되었습니다.

고등학교 때 문예반에서 시를 만나고 교직으로 평생을 살면서 시는 한시도 제 곁을 떠난 적이 없었습니다. 모르긴 해도 제가 세상을 떠날 때까지 아마 시와의 동행은 변함없을 것입니다.

팔십여의 삶, 골짜기마다 만났던 환난에서 시(詩)는 영원한 저의 구원이었습니다. 상실과 깊은 절망의 순간에서도 시는 제 앞뒤에서 저의 삶의 향방을 비춰 주는 등대이기도 했습니다.

평생을 문학과 시심(詩心)에 취하고, 즐기는 행운을 누리도록 지켜봐 준 사랑하는 가족, 응원과 격려를 아끼지 않은 동료 선후배 친지들과 두 번째 시집 상재의 기쁨을 나누고 싶습니다.

　그동안 각별한 지도를 해 주시고 과분한 평설을 써 주신 박이도 교수님께 심심한 감사를 드립니다. 이 시집이 나오기까지 노고를 아끼지 않으신 시간의 숲 임영주 대표께도 고마운 뜻을 표합니다.

　　　　2017년 정유년 새해 아침 학여울가에서
　　　　　　　　香里 김순오(金順五)

차례

1부

고백의
찻집

소월미도 찻집 🌿

반달 꼬리 휘어진 섬
소월미도 부둣가 찻집에서
당신을 기다립니다

창문 가득 밀려오는 파도
점점 차오르는 그리움
당신을 기다립니다

새로운 세상
소월미도 바닷가
사랑하고 사랑받는 이야기

밀물의 창가에서
당신을 기다립니다
당신을 사랑합니다.

찔레꽃 🌿

가시에 찔릴라
하얀 꽃잎 피 흘릴라

날카로운 향기
그대 생각

온몸으로 갖고 싶어
수줍은 입맞춤

아, 찔레꽃 향기
비틀거리는 그리움

찔레꽃 가시
피 흘리는 짝사랑.

모란은 피고

오월이 오면
기다리던 모란꽃 소리 없이 핀다

자줏빛 그 순정
한 생에 오직 하나

뭉클한 가슴으로
숨어서 보네

비단결 꽃잎 비단결 그리움
짧은 목숨의 사랑
모란꽃 사랑.

현해탄의 노래

이제 겨우 하루가 지났다
어느 세월에 열흘, 보름이 가나
기약 있는 짧은 이별이건만
하루가 여삼추같이 길기만 하다

세월아 네월아 속히 가거라
지루한 날들 어서 빨리 가서
우리 만날 그날을 데려와 다오

망망대해 바다에서
그리움의 문자를 띄워 보낸다

뱃전에 따라오는
파도 속 그대 목소리
물결 위 그대 모습

바다 위에서
파도를 보며
그대 얼굴을 그려 보네

지금 이 시간
그대 생각 왜 하는지
문자를 띄워 그대에게 묻는다.

그대 그림자

나는 그대 그림자
그대 가는 곳
어디나 따라가는 그림자

그대 가는 길에
그림자 보내고
깊은 잠 보내고

이 밤
뒤척이는 것은
보내고 후회하는 마음 때문이라고

그림자도
사랑도 아니고
후회하는 그리움 때문이라고.

1부 고백의 찻집

메타세쿼이아 길

긴긴 이름 메타세쿼이아 길
우리가 처음 만난 길
사연이 있어
온몸으로 하늘 가리고
줄줄이 반듯한 세모꼴 똑같이 그려
하늘로 띄워 올리는 외줄기 그리움

봄이 오면 빛나는 새순
가을엔 황금빛 열두 폭 치마
사철을 보내며 맞으며
공들인 우리 사랑 노래하는 길

메타세쿼이아 길
길고 긴 우리 사랑
하늘까지 가는 길.

20❀21

뻐꾹새 우는 학여울

칠월의 아침
창문을 여니
장마 빗속
어디선가 들려오는 뻐꾹새 우는 소리

학여울가 숲 속
어느 가지에 숨어 우는가
울다가 쉬었다가 희미한 뻐꾹새 우는 소리…

이런 날
뻐꾹새 울음 같은 편지를 받고 싶다
글자마다 그대 숨결 숨어 있는
편지의 봉투를 뜯고 싶다

주룩주룩 장맛비

1부 고백의 찻집

뻐꾹새는 울고

오지 않는 편지

답장을 학여울 숲으로 띄운다.

오서산 🌿

까마귀 우는 깊은 산 오서산
첫 새벽 숲 속을 오른다
선잠 깨는 숲의 소리
숨죽여 들어 본다

푸른 가지 위 어린 산새들
나무 잎새 사이에 숨어
삐릭삐릭 오서소
부지런한 아침 노래

어미 새도 나를 반기듯
찌리릭 찌익 오서소
어서 오라 손짓하며
환영 노래 부르네

구름의 그림자 계곡을 흐르고
시원한 산바람 흔들리는 갈대숲
바위틈에 수줍은 산수국(山水菊)
연보라 사랑빛 얼굴

숲 속 냄새 그리운 그대 내음
가슴으로 맡아 본다
오서소 오서소 오서산
까마귀 까악 오서산.

탐라의 유채꽃 🌿

쌀쌀한 이른 봄
탐라의 바닷가 언덕에서
그렇게 마주친 우리

형광빛 짙은 노랑색으로
골짜기마다 떼 지어 피어
눈앞을 어지럽히는 그 꽃무리

낯선 유채꽃 그 향기에
그만 취하네
알 수 없는 사랑의 향 내음

해풍에 실어
그대에게 보냈어야 할
사랑의 고백.

정선 별곡

재 넘어 떠난 님
산새도 울며 가네
한 많은 아우라지
아리랑 아리랑 아라리요

숙암계곡 철쭉꽃은
올해도 피었건만
떠난 님 소식 없네
아리랑 아리랑 아라리요

오대천 백석폭포
선녀의 하얀 옷매무새
오매불망 님의 자태
아리랑 아리랑 아라리요

골지천 물길 따라
행여 님이 오시는가
뗏목 타고 가신 님
아리랑 아리랑 아라리요

조양강 굽이굽이
가도 가도 구절리
졸드루 벌판에 해는 지고
아리랑 아리랑 아라리요

북평리 단임고개
한번 가면 못 오는 길
한평생을 기다리네
아리랑 아리랑 아라리요

한숨의 섶다리

원망의 송천 나루

아리랑 아리랑 아라리요

아리랑 고개고개로 나를 넘겨 주소.

은행잎 추억

후미진 마당 한구석
노오란 은행잎 모아 놓고
가을바람 떠나네

아직은 따듯한 잎 하나
집어 들고
추억 하나 살려 보네

나의 은행잎 추억
노오란 빛깔의 무대

이제는 낙엽 된 추억이 정답게 웃네
자유의 몸으로 살아나는
첫사랑

아, 가을바람 따라
은행잎은 떠나네

희미한 옛사랑의 추억
인사하며 떠나네.

나팔꽃 사랑 🌿

밤새 돌돌 말아 놓은 그리움
첫 이슬 내리기를 기다리네

먼동이 트면
부지런히 새 분단장하고
웃음 머금은 얼굴로

그대 눈길 닿는 곳 찾아
칭칭 감아올라
첫새벽 문안드리리

그대 가는 곳
어디든지
하늘인들 못 가리
따라올라가 내 얼굴 보이리

1부 고백의 찻집

초가집 앞마당 우물가
여름내 그리움 감아올리는
분홍빛 둥근 얼굴
촌스런 나팔꽃 사랑.

이곡리 가는 길 🌿

옛날 하얀 배꽃
골짜기마다 피던 곳

지금은 우리 사랑
골짜기마다 흐르는 곳

여기서 우리 함께 살지요
당신은 하늘에서 나는 여기 남아서

아침이면
오리나무 저 꼭대기 산새 소리

낮이면
당신과 나 꽃잎 차 한 잔

날이 갈수록 그리운 당신
아무도 말릴 수 없는 우리 사랑

함께 살아 40년 떠나신 지 10년
그때나 지금이나 밤이나 낮이나 함께 살지요

하루하루 안타까운 우리 그리움
이곡리 우리 사랑 영원한 사랑.

●이곡리: 경기도 포천시 소흘읍 이곡리

2부

호랑나비
따라

애기봉 망향동산 🌿

가파른 산길을 오른다
호랑나비 한 쌍이 앞장을 선다

검고 흰 무늬 큰 날개 너울대며
태평무 추며 어서 따라오라네

임진강 건너 바라보며 나비들은 말한다
여기는 대한민국, 강 건너는 이북 땅

사람이 사는지 마는지
아직도 끝나지 않은 전쟁 강 건너마을
헐벗은 민둥산에 떠도는 비운의 혼령들

검은호랑나비는 말한다
내 형제들이 흘린 피도, 6·25도 모두 잊으시오.

소록도를 찾아서 🌿

고흥반도 끝자락
녹동항 물살은 급하고 깊어
뱃길은 오직 잠시
지척의 섬 소록도

하늘에서 보면
작은 사슴처럼 아름다워
울창한 녹색의 소나무 숲
고운 모래 해안선의 절경으로

갖가지 상록수로 꾸며진 연못가
어린 사슴 깨끗한 손발로
온갖 상처 어루만지는 섬 소록도

황톳길로 뱃길로

2부 호랑나비 따라

멀고 먼 섬 찾아온 시인 한하운의 넋
이제는 편히 넓고 큰 갈색 바위에 누워
보리피리 피ー르닐니리
섬 구석구석 피리 소리 피ー르닐니리

섬은 조용히 외친다
피ー르닐니리
한센병은 낫는다 피ー르닐니리
아름다운 소록도 피ー르닐니리.

후쿠오카 아리랑 🌿

비 내리는 이른 봄날
일본 규슈 탄광 지대

죄 없이 끌려와
우리 님 죽어간 곳

험한 산비탈에
표적 없이 묻힌 곳

님이 생전에 남긴 글씨
어머니 보고 싶어요, 배가 고파요

아! 육십 년이 흘렀네
매 맞으며 강제노동 시달리다

노예처럼 죽어간 한 많은 세월
님이 꿈에서도 불러본 노래

아리랑 아리랑 아라리요
언제나 고향 땅에 다시 가 보리…

춥고 배고파요 아리 아리랑
후쿠오카 아리랑은 끝이 없어라.

서호 공원

서호 공원을 거니는
공작새 한 마리

전생의 귀한 몸
비단결 몸치장

님 찾아가는가
우아한 걸음걸이

무지갯빛 날개 펴니
황홀한 그 자태

바다 같은 호숫가
공작새 따라 님 찾아 가는 길

유람선은 흐른다
호수도 흐른다
사랑도 흐른다.

●서호: 중국 절강성 항주

서귀포 연가 🌿

흐리고 구름 낀 서귀포
남태평양 바람은 불고
간간이 뿌리는 빗방울

바로 앞의 섬도
수평선이 주는 평화도
모두가 희미해라

젖은 바위에 앉아 하늘을 본다
잿빛 구름과 구름 사이로
햇살 모습 반가워

파도는 점점 흰 손을 높이 들어 흔든다
그래도 기다리자
새 옷으로 갈아입은 햇살 쏜살같이 나올 때까지

해마다 나를 반겨주는

파도치는 서귀포

해변에 서면 여전히 맘속에 숨은 그대.

유도화

제주에 가면
유도화 만나 보는 즐거움

거리거리 무리 지어
길손을 반기네

바람 많은 섬
비 맞으며 피는 유도화

오름 많은 섬
해풍 속에 피는 꽃

옛집 마당가에 피던 유도화
다시 만나는 추억의 분홍꽃 유도화

대포동 지삿개 마을
유도화 가로수길 마냥 걸으리

유도화,
추억 만나는 즐거움.

서귀포 칠십 리 🌿

파도 앞에 서면
어디서 왔는지
언제 왔는지
왜 왔는지
모두 잊어

파도가 밀려오면
오직 그대 형상 하나
물결 위에 그리네

얼마나 멀리 있는가
얼마나 잊었는가
얼마나 그리운가
수없이 헤아리는 얼마나…

2부 호랑나비 따라

서귀포 칠십 리 모래톱
산더미 파도 닮은 그리움.

해남도 🌿

해남도 바다 파도 소리
이국 땅 바닷가 파도 소리 색달라

가슴은 열리고
뼛속까지 밀려드는 물결

아득한 수평선 속삭임
그대 시름 모두 나에게 맡겨라

슬픔 근심 모두
큰 파도 작은 파도에 던져 버려라

빈 마음은 모래 위에 발자국으로
마지막 떨리는 가슴까지 모래 위에 남기자

2부 호랑나비 따라

해남도 유림만에서
떨리는 파도 소리.

●해남도: 중국 최남단 최대의 섬

하롱베이 🌿

총총히 바다 위에 도사린 섬들
하도 많아 이름도 알 수 없는 섬들

섬들이 떼 지어 몰려다니며
지나는 유람선을 구경하네

제법 큰 아버지 섬
사랑의 엄마 섬
의젓한 아들 섬
가늘가늘 딸들 섬
작고 앙증맞은 애기 섬

당신들보다 우리가 더 많다고
삼천 개나 되는 우리 식구 헤어 보라며

2부 호랑나비 따라

웃으며 손짓하네

다시 한 번 또 오라고 속삭이네.

● 하롱베이: 베트남 하노이 부근 해상 관광지

제주도 라운딩🌿

고희 생일 기념
바다 건너
탐라국 CC로 가는 라운딩

뻐꾹 뻐꾹 뻐꾹새
여기까지 따라왔네
신기한 실버 골퍼 구경났다고

핸디 백이면, 이백이면 어떠리
빨간 고추잠자리 세 마리 열심히 따라오며
굿샷, 굿샷 외치네

어쩌다 잘 못 맞춰 온 그린
나는 어설픈 위너
구경하던 산까치 종종종 빠른 걸음 종종종 따라오네

2부 호랑나비 따라

제주도 높은 산 산방산 바람
바다 향기 실은 신선한 바람
칠순 골퍼 카트에 의지하네.

노고단의 봄

이름도 산도 좋아
이른 봄바람 맞으며 찾아왔네

새순 새잎으로 뒤덮인 골짜기
연둣빛 산벚나무 잎새
더욱 푸르른 떡갈나무 잎새

오를수록 손에 잡힐 듯
저 푸른 하늘 그리고 그대 마음

바람마저 푸른 봄날
봄기운에 안겨, 그리움에 안겨
노고단 산길을 오른다.

2부 호랑나비 따라

단풍나무 꽃 🌱

통통통
통나무집 계단을 오르면
대야산• 푸른 숲

푸른 숨소리 들려오네
하얀꽃 피우는 유월에
숲 속의 쉼터 자연 휴양림에 어둠은 내리고
밤하늘에 하나둘 별들이 찾아온다

별 하나 나 하나 세노라면
어느새 희미한 새벽 먼동이 트네
울창한 숲이 나를 부르는 소리…

크게 심호흡 해가며 숲길을 오른다
호오오룩 호르룩 삑삑

가지 위에 숨어 짝을 부르는
낯선 산새들 노랫소리 정다워

통나무 다리 아래
졸졸졸 가만가만
흰 거품 속에 흐르는 개울물도 반기는 듯

새 이파리 출렁대는 초록의 숲 속
어디엔가 지금쯤 꽃 피웠을 단풍나무를 찾자

산줄기 가까운 곳 가지 꼭대기에
보일 듯 말 듯 어여쁜 단풍나무 꽃을 보았네
그 붉은 꽃잎 속에 감춘 씨앗을 보았네

산바람 부는 어느 날

까만 씨앗 몸에 품은 단풍 꽃
하늘 높이 몸을 날리리
먼 그 곳 님이 기다리는 그곳까지 나르리

양지 바른 언덕 님 곁에 내려앉아
고운 단풍나무 새싹 하나 틔우리
새 생명 하나님과 함께 키우리
단풍나무 꽃의 야무진 꿈
신령한 숲의 꿈.

●대야산 : 경북 문경시 가은읍 완장리

구라파 여독(旅毒) 🌿

늦은 아침
시장기에 눈을 뜬다

복숭아 하나로 아침을 먹고
신문을 보다 또 잠이 든다

유럽 여행에서
돌아온 지 닷새

나의 밤낮을 찾아보려고
밤이고 낮이고 꿈속을 헤맨다

희미한 꿈속
비몽사몽간 보이는 이국의 푸른 하늘

룩셈부르크의 흰 구름
브뤼셀의 가로수
헤이그의 호숫가

옹기종기 세 나라
사이좋게 붙어 베네룩스

나의 밤낮은 못 찾아도
꿈속으로 다시 가 보는 객창은 즐거워

여독에 파묻혀
잠 속으로 꿈속으로 아직도 떠난다

꿈꾸는 구라파 여독
길고 긴 여행 뒷풀이.

감포 해변 🌱

문득 바다가 그리운 건
잊혀진 누군가를 보고 싶을 때

그곳에 가면 너를 만날 수 있을까

동해 푸른 바다 감포 몽돌 해변
늦여름 하오, 썰물 빠져나간 자리엔
쓸쓸함이 밀려든다

찾아온 너, 네가 안 보여 허전하구나

해풍에 머리카락 날리며
그리움까지 다 비워 놓고
맨발로 거닐었다
너와 나가 아닌

나 홀로 걸었다

물새 한 마리 왜 날아갔는지…
외로움은 파도 소리 때문일까
가냘픈 갈매기의 나래 짓이 눈에 밟힌다.

속초 해변 🌿

때 없이 파도 그리워
바다로 가네

속초 앞바다
그 크고 넓은 그대 가슴

근심 걱정 마음의 먼지들
아득한 수평선 넘어 멀리 사라지고

얽힌 일상사, 세상사
모두 잊고 버리고 용서하고

아 이렇게 가벼워진 맘과 몸
물결 따라 마냥 출렁이네

노을이 져도
어둠이 내려도
밤하늘에 별이 하나둘 뜰 때까지

바다가 좋아
파도가 좋아

밤새 모래성을 쌓으며
조개껍질 하나 묻고
그리움 하나 묻고.

보길도 연가

남도 뱃길
해풍에 옷깃 날리며
그대 찾아왔네
꿈의 섬 보길도

설렘 속에
맞이한 첫날 밤
중리 해변가엔 짙은 어둠
객창엔 정다운 파도 소리

밤새 바다는
흑명석(黑鳴石)의 아우성
밤하늘엔 그 님의 얼굴 둥근달
진노오란색 그대 보름달과
단둘이 보길도 밤을 새운다.

3부

북경의
마지막 밤

학여울 연가 🌱

노을 진 학여울가
징검다리에 앉아
쑥부쟁이 한 송이 꺾어 띄운다

옛날 잘못 띄워 보낸
종이배 하나 때문에
헤어진 사연도 있다

종이배 대신
잘 가라 보랏빛 쑥부쟁이
후회를 안고
잘 가라 멀리멀리 다시 못 올 곳으로.

버린 수첩 🌱

버리려 집어든 옛날 수첩
우루루 쏟아진다 오래된 사연들
잊은 지 오래건만 새삼스러워
하나씩 집어 본다

아, 이런 일도 그런 일도
까마득한 옛날의 수첩
죽은 듯 잠자듯 어디에 숨었다가
눈앞에 어른대는 절절한 얼굴들

빛바랜 축하 전보지
결삭은 옛날 돈
글씨도 제각각 편지 봉투에
쓰여진 옛 주소
한순간에 세월을 거스른다

이젠 모두모두 모아 놓고
작별 인사를 나누자
몸과 마음 가벼이
떠날 채비를 하자.

어머니와 약봉지 🌿

어머니 머리맡에 늘 약봉지
부스럭부스럭 자주 챙기셨지
모락모락 쑥뜸도 뜨셨지

이제 나 그 나이 되어
머리맡에 약봉지 놓고
부스럭부스럭 늘 챙기네

노년에 홀로
이곳저곳 쇠잔한 몸 다스리며
긴긴밤 외로우신 어머니
살펴드리지 못한 죄

하나씩 둘씩 고개를 들며
네 죄를 고하노니…

3부 북경의 마지막 밤

약봉지 챙기며

쑥뜸 뜨시며

가신 어머니 그리워

용서도 구하지 못하는 불효 죄

이 밤을 새우네.

대동(大同)의 추억

여섯 살 나는
동무가 없어 늘 혼자 놀았다

그 날도 집 앞
개울가에서 물장난을 하고 있었다

한참을 놀다
그만 집에 가려는데

저만치서 갑자기 흙탕물이
산더미처럼 몰려오는 게 보였다

무서워 얼른 뒷걸음질 치는데
그만 신발 한 짝이 벗겨졌다

놀랄 사이도 없이
신발은 급한 물살에 둥둥 떠내려갔다

중국 산서성 대동시
언덕 위 우리 집

흙탕물은 점점 불어나고
신발 한 짝 손에 들고

울며 집으로 오는데
멀리서 나를 부르는 엄마 목소리

흙탕물에 아무도 모르게
쓸려 내려갈 뻔한 그 날

놀란 가슴 수십 년 지나도
아직도 못 잊어
황하의 골짜기
대동의 흙탕물 추억.

●대동(大同): 중국 산서성 대동시

세월은 흘러도 🌿

우리 만나면
나이를 잊는다

그대 내 나이
나 그대 나이

함께 젊어지고
함께 늙어지고

세월도 비껴가는 우리 나이
이대로 젊어지고 늙어지고

같이 한 나이 되어
한 세월 살고지고.

나의 아버지 🌿

열한 살에 잃어버린 나의 단어
아버지

머나먼 타국에서
마흔한 살 인생의 그루터기
세상을 떠나신 나의 아버지

오동나무 상자에 하얀 유골로
고향 집에 돌아오신 나의 아버지

대문 안 상청에 유골 상자 모셔 놓고
마흔 살 젊은 어머니, 어린 나 목놓아 울었네

마포강에 배 띄워 휘이휘이 산골(散骨)하고
박수무당 진오기굿 서글픈 장단 소리

3부 북경의 마지막 밤

흰 수건 다 젖도록 외할머니 우셨네

대청마루 상청 삼 년 세월
초하루 보름 향불 피우고
상식 올리며 어머니와 나 곡을 했네

구천을 떠돌며
처자식 그리며
오늘도 헤매고 있을 아버지의 혼백

눈으로 보지 못한 아버지의 주검
내 나이 팔십이 되어도 믿을 수 없네.

어머니의 생신 🌿

살아 계시면 백 세 되시는 오늘
음력 사월 초사흗날
이승을 떠나신 지 십 년여

오직 한 점 혈육
이승에 남아
칠순의 여식 홀로 당신을 추모합니다

이 좋은 계절
천지에 새싹 돋아나고
백화만발한 속에 어머니 얼굴

어머니, 아직도 내 곁을 맴도시며
사는 게 외로울세라 슬플세라
못 믿어 못 잊어 애태우시며

3부 북경의 마지막 밤

내 몸 성치 않으면 꿈속에 꼭 오시는 어머니
내 맘 시원찮으면 꿈에서도 살피시느라
그때나 이제나 바쁘신 어머니

어머니 탄생 백 주년 오늘
어머니 보고파 목이 멥니다
어머니 사랑하는 내 엄마!

-2004년 봄

북경의 마지막 밤 🌿

1944년 5월 어느 화사한 봄날
아버지와 어머니 그리고 나
우리 가족의 송별회

서울로 떠나는 어머니와 나
북경에 남는 아버지
먼저 가 있으라고, 곧 따라가마며 저녁을 사 주셨다

아홉 살의 나
아버지는 마흔 살, 어머니는 서른아홉
우리들의 이 나이 그것이 이별의 나이

그날이 아버지와의 영이별의 날일 줄을
우리 셋은 아무도 모른 채
그저 행복한 송별의 밤을 즐겼다

북경의 마지막 밤
아직도 눈앞에 아른거리는 밤하늘에
무수히 쏟아져 내리는 별들
내 생애에 가장 행복했던 저녁 만찬

내가 마지막으로 본 북경의 밤
그날의 추억이 마음속에
그리움의 화석이 되었네.

비행기 창에서 🌿

하늘을 난다
비행기 작은 창에 기대어 창공을 난다

막 솟아올라 아득한
가물가물 멀어지는 땅을 내려다본다

해안선을 따라가 보면
옹기종기 모여 사는 어촌 마을

실낱같은 산길 따라
드문드문 산골 마을

인생은 아주 작은 한 점이라고
한번 아주 색다른 삶을 살아보라고

이렇게 저렇게 살아볼까 하고
이 궁리 저 궁리 해 보면서

비행기에 몸을 싣고
하늘을 난다
창공을 난다.

잃어버린 편지 🌿

철 지나 넣어 두었던 옷
제철 돌아와
다시 꺼낸다

호주머니에 웬 낯선 편지 하나
잃어버려 애태우던 오랜 옛 편지

한 번 읽기 너무 아까워
두고두고 다시 또 읽어 보리라
마음먹고 잘 보관한 잃어버린 편지

여기 이렇게 숨어서
내 손길 찾아오기를 기다렸다고

이제 그 뜨겁던 날들은 가고

3부 북경의 마지막 밤

가슴은 서늘히 식었는가
정말 이제 그 가슴은 없는가
다시 읽고 또 읽어 보네.

천리포 수목원 이야기 🌿

여기는 초록의 낙원
산새도 숨어버린 숲 속 길
오후의 햇살이 머문 산딸나무

산딸나무를 좋아하세요?
마침내 내가 찾던 산딸나무 꽃을 보는 순간
옆에 선 동행자에게 스스럼없이 묻는다

흰 구름 떼처럼 몽실몽실 피어나는
산딸나무 꽃
인사도 없이 묻는 나에게
묵묵부답…
우리는 말없이 꽃가지를 올려다보기만 했다

그렇게 우리는 한참을 걸었다

3부 북경의 마지막 밤

눈을 돌려 보니
짙은 해무(海霧)가 먼 뱃길을 가린다
어느새 안개는 이슬비 되어 얼굴을 간질이고
미로 같은 숲길을 돌아
어디선가 헤어진 우리

말없이 사라진 그대의 첫인상,
산딸나무 꽃
또렷이 내 눈에 박힌 산딸나무의 미소를
천리포 수목원은 간직하고 있겠지…
산딸나무 이야기를.

그대에게 쓰는 편지 🌿

자면서
편지 쓰리라
연필 한 자루, 종이 한 장
머리맡에 놓고

꿈속에서
편지 쓰리라
연필 한 자루, 종이 한 장
머리맡에 갖추고

자면서도
꿈꾸면서도
그대에게 쓰는 편지
연필 한 자루, 종이 한 장
언제나 끼고 잔다

3부 북경의 마지막 밤

자나 깨나 시 쓰듯
버릇된 그리움
떠오르면 쓰리라
연필 한 자루, 종이 한 장
끼고 산다.

귀향 🌿

이제야 내 고향으로 돌아왔습니다
늦었다고 생각되는 제일 빠른 때를 맞추어
해 질 녘 들판을 서둘렀습니다

낯선 거리 헤매느라 비어 버린 가슴
지친 세월의 모습 안고 돌아왔습니다

인연 없는 곳 비바람은 세차게 몰아쳐
봄날 새순 솟듯 돋아난 상처들

조바심치던 날들과
아 이제는 결별

옛사랑의 순정 엿보일라
얼굴 모양새 가다듬으며

3부 북경의 마지막 밤

거울 앞에 숨죽이던 많은 날들과
이제는 작별하고

마침내 돌아온 고향에서
야생화 뜰 돌보며

옛 모습 되찾으며
다친 영혼의 소생을 기다리리라.

역마살 🌿

나는 매일 여행을 떠난다
혼자서 떠난다
역으로 가고
역에서 끝나는 나의 여행

어딘가를 가는 설렘
기차표 한 장 사 보지 못하고
개찰구 언저리를 맴돌다
오가는 사람 구경으로 끝나는 나의 여정

나는 매일 떠난다
매일 시를 쓰듯
매일 들뜨는 나의 역마살.

3부 북경의 마지막 밤

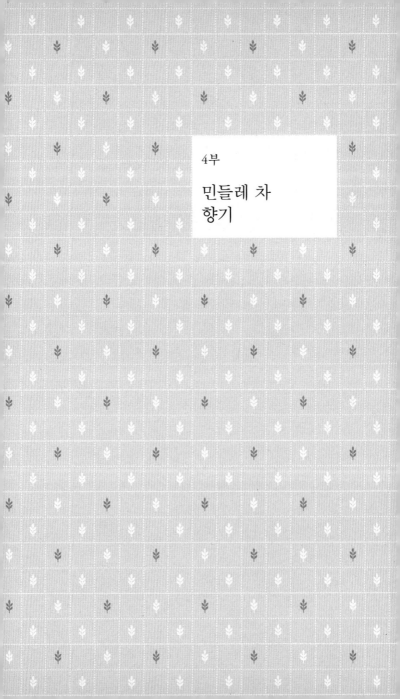

4부

민들레 차
향기

그대 있어 🌿

그대 있어 생기 찬 오늘
그대 있어 살 만한 내일

그대 앞에 노래하네
그대 앞에 춤추네

모두가 그대 있어
북 치고 장고 치고.

그대는 한 떨기 하얀 감자꽃

그대는
한 떨기 감자꽃

언제나 하얀 미소 순진하여라
타고난 그 다정 훈훈하여라

이역만리
떠나온 고향

마음은 오늘도 탄금호 물결 따라
그리움으로 흐르네

태평양 넘어
두고 온 충주시 칠금동

달천가 감자꽃밭
자주 꽃 못 잊어
오늘도 구름 따라 가보네

어버이 가신 지 60성상
백년인들 잊으리
천년인들 잊으리

두고 가신 한 점 외동이 감자꽃
애처로워 애태우지 마소서

어느 누가 그 미소 닮으리
어느 천지 그 뜨거운 가슴 또 있으리

자랑스런 감자꽃 효심

사랑 빛 하얀 꽃으로,
사랑 빛 자주 꽃으로

이제 하늘로 띄워 드리오니
감자꽃 시인이시여
모두 받으소서.

※축시-'감자꽃 시인' 권태응 시인의 딸 권영진 저《이민 반세기》에 실림

손편지 🌿

그대에게
편지 쓰려
새 연필 깎았네

부드러운 향나무
연필 냄새
코끝을 스치고

끝없이 피어오르는
손편지 사연

쓰다 쉬고 쉬다 쓰는
새 연필 손편지
향나무 향기 속에 향나무 사연.

산딸나무 꽃 🌱

오가며 만나던 산비탈 길에서
그냥
기다립니다

산딸나무 한 그루
바람 불어
하얀 떼구름 그 꽃
우수수 떨어질까 가슴 졸이며…

멀리서도 잘 보이게
층층이 얼굴 비비며
천지를 뒤덮은 하얀 그리움

그 꽃처럼
우리 짧은 만남

긴 헤어짐

뒤돌아보지 않고
떠난 그대
눈 시린 이별

유월의 산딸나무 꽃
그 눈부신
기다림.

뒷모습 🌿

우리 헤어질 때
오고 간다는 말도 없이
돌아서 가는 그대

뒤돌아보지도 않고
그리움을 뚝뚝 흘리며
그대는 가네

그 뒷모습을
보이지 않을 때까지
보이지 않아도 마냥 서서 바라보네

뒷모습으로 말을 하는 그대
그 말을 읽어야 하는 나

몸은 얼어붙은 듯 움직일 수 없어

말문까지 막혀

사랑한다고

사랑한다고 말도 못하고.

어느 별에서 🌿

몇 마디 안 했는데
그대 입에선
그 다음 말

어느 별에서 왔길래
한마음 한뜻으로
한 세월 우리 사는가

눈빛이 변해도
낯빛이 변해도
마음은 하나
생각도 하나

언젠가 떠나리
이 지병

가슴에 안고.

명함 하나 🌿

옷장 저 구석
오래된 옷 하나
옛정 살려
새 옷인 양 입어 보네

주머니 속
웬 낯선 명함 하나

아 언제였던가
바닷가 그 횟집

즐겁던 여름 한날
우리는 어울렸었지

웃음으로 지새우던

그 젊은 날들

그 바닷가
갈매기 떼들
다 잘 있겠지

수평선 저 멀리 작은 섬도
다시 온다던 나를 기다리겠지

작은 명함 하나
웃는지, 우는지.

작별 인사 🌿

10층 유리창 너머
가로수
그리고 네거리 신호등
돌아가는 그대 뒷모습

멀리 길 떠난다고
작별 인사를 하고
그대는 떠나네

잘 가오
보일 리 없는 손을 흔든다
푸른 하늘 창공으로 흩어지는
알뜰한 작별 인사

어느새 하늬바람 타고

허전한 마음
너울너울
허공으로 떠도네

뒤도 안 보고
그대는 간다
잘 가오 잘 가오
작별 인사는 따라간다.

민들레 차 향기

풀 냄새 그리워
고향으로 떠난 그대

눈에서 멀어지니
마음에서 멀어져

어느 날 대문 앞에
낯선 소포 하나

아, 그대
아직도 떠나지 못한 마음

고사리, 묵나물, 쑥가루
산도라지, 돌미나리 효소, 민들레 차

올망졸망 꾸러미들
이름표도 정다워

산으로 들로 쏘다닌 소식
산골짝 흙냄새 그대 냄새

해 지는 창가 민들레 차 한 잔
그대 그리워 한없이 젖어….

귀여섬 연밭 🌿

한 잎 두 잎 연꽃은 지고
호수는 푸른 연잎의 세월

돌아오려 떠났건만
아직 보이지 않는 사람 하나
산 그림자에 묻혔는가
부는 바람에 실려 갔는가

망설여지는 마음
되살아나는 미련

돌아가리 호수에 둥실
귀여섬 연밭으로

끝끝내 기다리는

어리석은 귀여섬 이야기.

5부

가을
숲으로

기도

주님은
나그네 길에 말벗을 주셨습니다
의지하고 기도하며
한 세월 같이 살다가
앞서거니 뒤서거니 떠나게 하소서

천상에 올라가 다시 만나
세상에서 못다 한 사랑 나누며
영생복락을 누리게 하소서
은총을 주신
나의 주님.

화진포 그 파도 🌿

그대를 여기서 만나게 될 줄은 몰랐습니다
먼 이국땅 낯선 곳에서 눈을 감은
그대 혼백 여기서 맴돌고 있을 줄이야…

목메어 그리던 그 님과의 추억 때문에
여기서 서성이고 있는 그대의 넋을
만나게 될 줄을 몰랐습니다

화진포 바닷가 외딴집 돌계단
목숨 바쳐 사랑한 그 얼굴 있어
이곳을 떠도는 그대 혼백이여

목놓아 우는가 저 파도 소리
인생은 일장춘몽이요
운명적 그대 사랑까지도

5부 가을 숲으로

그대여
먼먼 이국땅 병실
홀로 눈을 감은 그대여

버림받은 그 원한
모두 저 푸른 파도에 씻겨 보내고
이제 조용히 눈감고 이승을 잊으소서

화진포 바닷가
성난 파도에 실려 다니는 그대 영혼을 만나
옛정 사무쳐 그대도 울고 나도 울고….

-친구 S 영전에

은총 🌱

아침에 눈을 뜨고
밤 되어 눈을 감을 때까지
당신과 함께 삽니다

어디서나 보이는 당신 눈빛
언제고 들려오는 당신 음성
그 눈길 그 음성 보고 들으며
당신과 함께 삽니다

잠시 한눈팔 사이도 없이
어느새 찾아와
내 가슴 깊숙이 당신은 앉아 있어
당신과 함께 삽니다

오늘도 내일도

5부 가을 숲으로

눈 감을 때까지
가슴에 모시고
나 당신과 함께 삽니다.

손자의 영어 시험 🌱

내 눈엔 아직도 어리디어린 손자
무얼 안다고 영어 공부 한다네

학교에서 시험 보고
가져온 답안지

처음 보는 초등학교 신기한 영어 시험지
손자의 실력을 알아보자

if… 만약에
with… 함께

알고나 썼는지
찍어서 썼는지

제법 많은 동그라미
철없는 손자의 기특한 답안지

하도 변하는 세상
똑똑한 손자
점점 바보 되는 할머니.

소망 동산 🌱

경기도 땅 광주군 첩첩산중
자작나무 하늘을 가리고
솔바람 부는 산골짝

산새들 기도하고
개울물에 흐르는 찬양의 노래
주의 동산 평화의 동산

소망의 새봄 동산 언덕길
하얀 찔레꽃 한 그루
꽃 속에 몸을 던진 꿀벌 한 마리

산책길 따라 오르며
찔레꽃 한 송이 따서
나도 얼굴을 묻어 본다.

5부 가을 숲으로

내일 모레 글피 🌿

밤새 뒤척이다가
동이 훤히 틀 무렵
밀려오는 단잠 속으로 빠져든다
늦잠 꿈속에서 만나는 그대

어딘가 낯선 바닷가를 손잡고 거닌다
인적은 드물고 파도는 맨발에 부서지고
부드러운 바람은 잡은 두 손을 어루만진다

밀려오고 밀려가는 파도를 타고
전율하는 사랑의 이중주
아! 이대로, 내일 모레 글피로
끝없이 이어지는 늦잠의 꿈.

소꿉동무 🌿

길 가다 우연히 마주친
옛날 옛 동네 골목 소꿉동무
너의 얼굴은 내 어린 시절
나의 얼굴은 네 어린 시절

이제는 너무도 먼 그 옛날
꿈만 같은 그 시절

언제 어디서 만나든
철없던 어린 시절 친구로 우리 돌아가네

황혼 나이도
나눌 수 있는 소꿉 추억 있어

내일을 모르는 나이의 우리

5부 가을 숲으로

나눠 가질 수 있는 그리움 있어

더 자주 만나
옛이야기 하면서 살고 싶네

어깨동무 추억은 영원하리
소꿉동무 우정은 영원하리.

칠순의 초상화 🌿

손녀딸 중학교 졸업식 날
기념사진을 찍었습니다

나이 칠순 되어 처음 찍어 본
내 얼굴이 거기 있었습니다

젊은 내 마음과는 너무도 먼
할머니 얼굴이 거기 있었습니다

사진 속에 그 얼굴은
생전에 늙으신 내 어머니 얼굴

어머니께 언제까지나
젊은 딸이고 싶었는데

어느새 칠순이 되어

늙으신 어머니 얼굴이 된 낯설은 노인이 거기 있었습니다.

날마다 일요일 🌿

교단생활 40년
퇴직 후 날마다 일요일
즐겁기도, 괴롭기도…

느직한 아침나절
동네 학교 담 길을 따라
산책길 나선다

학교 운동장 곳곳에
뛰노는 학생들 무리
일요일에 많이도 나와 노네

나는 화요일 모임에 가는 길
참, 일요일이 아니구나

퇴직 후 날마다 일요일

세월이 가는 줄, 오는 줄 모르는

즐거운 세월, 괴로운 세월.

황혼 소식 🌿

황혼의 시간은
화살이 날아가듯
쏜살같이 빨라 정신없는 세월

오늘이 어제인가 내일이 오늘인가
꿈인 듯 생시인 듯 이상한 날들
그래도 신기해라 그대 보고 싶은 마음

아직 살아서
한 줄 적어 그대에게
보내는 황혼의 기쁨.

한밤의 국제 전화🌱

섣달 그믐밤
먼먼 바다 건너온 국제 전화
그대 음성 여전해
눈물짓네

못 보고 산 세월 먼지처럼 쌓이고
변하고 변하는 세상 우리 살 건만
일편단심 묵은지 우리 사랑
더욱 더욱 곰삭아

산 넘고 바다 건너온 밤 국제 전화
몇 번이나 더 받을 수 있을까
뒤척이는
긴긴 겨울밤.

바람 따라가는 길 🌿

정년퇴직 후 사 년
날짜도 시간도
요일도 모르고
흐르는 세월아 네월아

아주 가끔
선잠에서 깨며 놀라는 것은
출근 시간 늦었나 하는 때 있어
깊고도 깊었던 직업병

이젠 병상에서 떨쳐 일어나
마냥 읽고 쓰고
쓰고 읽으며
그저 바람 가는 대로 따라가기로.

5부 가을 숲으로

아까운 세월

왜 진작 못 만났을까
아까운 그 세월

길 잘못 들어
되돌아 나오길 몇몇 해

어귀마다 흘린
눈물 자국 찾을 길 없어

허송한 시간들
허망한 지난날

뉘를 원망한들
하늘을 원망한들.

이별가 🌿

이별의 날은 왔습니다
작별의 순간은 짧아도
슬픈 얼굴은 하지 마세요

멀리 떠난다고
모두 이별은 아니지요
마음이 진정 떠나야 이별이지요

보내는 마음
두고 가는 마음
이별은 마음에 있는 것

기약이 어려운
우리 앞날
운명은 하늘 저 멀리에

5부 가을 숲으로

마음이 머무는 곳

만남을 꿈꾸는 곳

이별은 영원히 없는 것.

우정 육십 년

여고 시절
우리는 같은 반

책상을 나란히
공부도 숙제도 같이 했지

학교 오갈 때도
같이 오가고

우리 집은 너의 집
너의 집은 나의 집

책 읽고 글 쓰는 취미도 같아
바늘과 실처럼 붙어 다녔지

5부 가을 숲으로

얼굴도 키도 비슷
모두들 우리를 헛갈렸지

먼 훗날 시집도 같이 가고
이웃하며 살기로 약속했었지

어느새 육십 년 우정
이제 팔순 나이 되어

언젠가 하늘나라 여행 같이 가자며
백발의 얼굴 마주 보며 웃네.

가을 숲으로 🌿

이 가을이 가기 전에
낙엽 쌓인 숲길을
거닐고 싶어

두 손 마주잡고
밟은 낙엽에 미끄러질라
서로 의지하며
그대와 숲길을 거닐고 싶어

낙엽은 황금빛
그 밑에 숨어버린 오솔길
어디로 가야 할지
우리 갈 길은 어디 있는지

하늘과 땅 모두 낙엽에 묻혀

갈 길을 잃은 가을 숲 속에서

그대와 나 헤매고 싶어.

내 안의 너를 만나다

박이도
(시인, 전 경희대학교 국어국문학과 교수)

1

한평생을 교육자로 살아오신 김순오(金順五) 시인이 제2시집 《초록빛 고백》을 내놓는다. 교육 행정과 고등학교 일선에서 40여 년간 청소년들과 함께해 온 그의 생활은 오직 인간 교육 일념의 열정이었다. 시인 김순오 여사의 교육자로서의 경력은 화려했다. 일찍이 장학사에서부터 중등학교의 평교사, 문교부 장학관(교과 지도 담당관. 국장 대우) 등을 거쳐 경기여자고등학교 교장으로 정년퇴직할 때까지 일선 학교 현장과 행정 지도

업무를 담당해 온 한국 교육계의 산 증인이다. 교육계에서 평생을 바친 열정이 만년에 이르러 자신의 정체성을 확인해 보는 반성적(反省的) 자성(自省)의 이정표를 그려 본 시집이 《초록빛 고백》이다. 이 시집은 자신의 의식 세계를 반사경으로 투명하게 비춰보듯 객관화해 본 자화상이기도 하다.

김 시인은 이 시집에서 정년을 전후로 평생 동안 가슴속에 묻어 온 자신의 인생행로를 돌아보고 그 의식 세계를 펼쳐 나간다. 마치 판도라의 상자를 열어 보듯 스스로의 내밀한 의식 세계를 자신만의 특유한 문학 코드로 펼쳐 냈다.

김순오 시인의 《초록빛 고백》은 자기 자신의 존재감을 찾아 나선 내면 의식이 드러난 시 세계이다. 많은 시편에 등장하는 사물이나 인적(人的) 대상들에서 문득문득 자신의 내면 속 자아상을 찾아내곤 한다. 여러 가지 사물이나, 인적 대상을 통해 자신의 영상(影像)을 보거나 만난다. 이는 자기 분신화한 또 다른 자신의 환영을 찾아 나서거나 의식 속에 묻어 두었던 인연의 사람들을 만나는 의식(儀式) 행위이기도 하다. 기억 속의 사람들이 2인칭, 3인칭의 대상으로 등장한다. 이미 고인이 되었거나 헤어져 만날 수 없는 자들에 대한 그리움이나 원망의 애절한 사연들의 주인공들을 찾아 나서고 만나기도 한다.

그렇게 다가온 2인칭의 대상들인 '너'는 다름 아닌 내 안의 또 다른 '나'임을 발견하고 깊은 연민의 정을 느끼기도 한다. 그런 '나'의 모습에서 자기애(自己愛) 같은 정서에 빠지기도 하는데 이같은 정서는 고독과 연민의 정이 드러나는 현상이기도 하다. 침묵으로 고독, 연민, 인내 등에 값하는 것은 스스로에게 집중할 수 있는 깊은 성찰의 시기일 것이다.

김 시인은 그 같은 성찰을 위해 스스로의 존재감을 찾아 나선다. 자기 자신의 정체성을 객관적으로 확인해 보려는 간절함과 진지함 때문일 것이다. 우리는 학구적인 철학자가 아니더라도 자신을 되돌아보고 자신이 어떤 존재인지를 성찰해 보게 된다. 인간은 특히 정서적으로 감정적 변화가 많으므로 자신의 정체성을 정확히 알기 어렵다. 대체로 이와 같은 정황 속에서 빚어낸

김 시인의 작품들은 실제로 시적 공간을 확장해 간다. 특유의 가상 공간을 넘나드는 시적인 전개를 보여 준다.

천리포 수목원 이야기

여기는 초록의 낙원
산새도 숨어버린 숲 속 길
오후의 햇살이 머문 산딸나무

산딸나무를 좋아하세요?
마침내 내가 찾던 산딸나무 꽃을 보는 순간
옆에 선 동행자에게 스스럼없이 묻는다

흰 구름 떼처럼 몽실몽실 피어나는
산딸나무 꽃
인사도 없이 묻는 나에게

묵묵부답…

우리는 말없이 꽃가지를 올려다보기만 했다

그렇게 우리는 한참을 걸었다

눈을 돌려 보니

짙은 해무(海霧)가 먼 뱃길을 가린다

어느새 안개는 이슬비 되어 얼굴을 간질이고

미로 같은 숲길을 돌아

어디선가 헤어진 우리

말없이 사라진 그대의 첫인상,

산딸나무 꽃

또렷이 내 눈에 박힌 산딸나무의 미소를

천리포 수목원은 간직하고 있겠지…

산딸나무 이야기를.

위의 '산딸나무'는 무엇을 비유하고 상징하는

것일까. 동행자는 누구일까.

산딸나무는 분신화한 자신을 비유해 스스로 자기애에 빠진 것을 상징적으로 설정하고 있다. 동행자는 시적 화자인 자기를 객관화해 상황을 극적으로 설명한다.

'산딸나무 꽃'에서는 주제에 의한 접근이 아니라 시적 화자가 직접 등장한다. 상징화한 자화상을 찾아 마주 바라보고 있다. 그것이 아니면 산딸나무를 대면해 자신의 내면에 숨겨져 있던 특정 상대를 떠올리고 연상(聯想)할 수도 있을 것이다.

여기 등장하는 동행자는 타자화한 또 하나의 자신의 분신일 수도 있다. 무의식 속에 존재하는 그리운 님, 제2인칭으로서의 '님'일 수도 있다. 시 속의, 화자(話者)의 또 다른 분신이거나 절친한 우정이나 애정을 느끼는 대상으로 소위 심리학에서 말하는 또 다른 자아, 알터 에고(alter ego)에 해당한다.

위의 작품은 스케치 풍(風)의 5연 구성이다. "초록의 낙원"(1연)에 이르고 "산딸나무를 좋아하세요?"(2연)라고 묻는 동행자가 등장한다. "우리는 말없이 꽃가지를 올려다보기만~"(3연) 하는 이심동체(異心同體)가 되고 "우리는 한참을 걸~"어 "짙은 해무가 먼 뱃길을 가리는~" 곳에 이르러 "~어디선가 헤어진 우리"(4연)가 더 갈 데 없는 미망(迷妄)에 빠져 잊으려 해도 잊을 수 없는 "말없이 사라진 그대의 첫인상", "산딸나무의 미소"(5연)를 이야기한다. 이 같은 정황은 다분히 자기애(自己愛, narcissism)적인 사랑과 그리움 또는 고독에의 자기 나름의 표상법이다. 자기애는 보거나 들을 수 있는 것이 아니라 침묵 속에서 상상하고 환영을 보고 대화할 수 있을 뿐이다. 일시적인 환상에 빠지게 되는 것이다.

시적 자아는 천리포 수목원을 '초록의 낙원', 즉 이상향으로 비유하고 산딸나무를 또 하나의 자아로 상징화한 것이다. 동행자에게 "산딸나무를 좋아하세요?"라고 묻는데 이 동행자는 또 다른 자아의 분신인 것이다.

김순오 시인의 일련의 작품 속 시적 화자는 지속적으로 또 다른 자아, 분신화(分身化)한 동행자와의 만남으로 자기 정체성을 확인해 가는 과정을 시로 써내고 있다.

김 시인이 추적하는 시적 대상은 자신의 내면에 존재하는 또 하나의 '나'이다. 그 나를 대상으로 한 '너'와 자문자답하거나 독백하는 형식의 작품들을 읽어 보자.

두 손 마주잡고
밟은 낙엽에 미끄러질라
서로 의지하며
그대와 숲길을 거닐고 싶어

낙엽은 황금빛

그 밑에 숨어버린 오솔길

어디로 가야 할지

우리 갈 길은 어디 있는지

하늘과 땅 모두 낙엽에 묻혀

갈 길을 잃은 가을 숲 속에서

그대와 나 헤매고 싶어.

〈가을 숲으로〉 부분

어느 별에서 왔길래

한마음 한뜻으로

한 세월 우리 사는가

눈빛이 변해도

낯빛이 변해도

마음은 하나

생각도 하나

　　　　　　〈어느 별에서〉 부분

　위에 인용한 두 편에 나오는 '그대와 나', '우리'는 설화 속의 견우와 직녀상(像)을 연상하게 한다. 이 역시 자의식(自意識)에서 나온 고독감의 표상이다. 여기서 말하는 자의식이란 자아가 자기 자신을 의식하고 자기애로 생각한다. 또 자신의 의지를 행동화하려는 자기 동일성을 주체적으로 의식하는 것을 뜻하는 것이다. 이런 현상이 심화되면 자신이 독자적으로 자의식을 심화하는 결과를 가져올 수 있다.

　시적 화자가 처한 홀로된 상황을 '그대'이거나 '우리'로 대상화하고 동병상련의 상사병에 빠진 집착의 산물로 표상해 낸다. 상대방이 결여된 상황에서도 서로를 그리워하고, 홀연히 함께 만나 행동하는 의식 구조이다. 이는 "두 손 마주잡고",

"서로 의지하며", "그대와 숲길을 거닐고 싶어" 하는 내적 욕구가 "갈 길을 잃은 가을 숲 속에서/ 그대와 나 헤매고 싶어"라고 기구형상(祈求形像)으로 끝맺는다. 이 같은 기구는 〈천리포 수목원 이야기〉에 나오는 "미로 같은 숲길을 돌아/어디선가 헤어진 우리"를 아쉬워하고 있는 정황과 흡사한 뉘앙스를 풍긴다.

또 "어느 별에서 왔길래/한마음 한뜻으로/한 세월 우리 사는가"라고 자문하는 것은 한평생 "마음은 하나/생각도 하나"로 동심일체간 자아에 대한 자기애적인 만족감의 표현으로 볼 수 있다.

소월미도 찻집

반달 꼬리 휘어진 섬
소월미도 부둣가 찻집에서
당신을 기다립니다

창문 가득 밀려오는 파도
점점 차오르는 그리움
당신을 기다립니다

새로운 세상
소월미도 바닷가
사랑하고 사랑받는 이야기

밀물의 창가에서
당신을 기다립니다
당신을 사랑합니다.

〈소월미도 찻집〉에서, 부둣가의 찻집에 앉아 기다리는 당신은 누구일까?
"밀물의 창가에서/당신을 기다립니다/당신을 사랑합니다"라는 직설의 표현은 당돌하게까지 느껴진다. 시적 화자의 자의식이 극단적으로 드러

난 것이다. 심리학자라면 이 작품을 읽고 어떤
주문을 해 줄까?

감포 해변

문득 바다가 그리운 건
잊혀진 누군가를 보고 싶을 때

그곳에 가면 너를 만날 수 있을까

동해 푸른 바다 감포 몽돌 해변
늦여름 하오, 썰물 빠져나간 자리엔
쓸쓸함이 밀려든다

찾아온 너, 네가 안 보여 허전하구나

해풍에 머리카락 날리며

그리움까지 다 비워 놓고
맨발로 거닐었다
너와 나가 아닌
나 홀로 걸었다

물새 한 마리 왜 날아갔는지…
외로움은 파도 소리 때문일까
가냘픈 갈매기의 나래 짓이 눈에 밟힌다.

　〈감포 해변〉은 결여(缺如) 상태 즉 "잊혀진 누군가~"를 해변가로 찾아가서도 "~네가 안 보여 허전~"함을 느끼게 되는 허무한 정서가 넘치는 감성의 시이다. 시적 화자는 현실 세계와 가상 공간의 세계를 넘나들고 있다. "너와 나가 아닌/ 나 홀로 걸었다"는 것은 현실의 나와 가상 공간 속의 너가 서로 교감하고 있음을 뜻한다. 시적인 언어를 통해 소박한 친밀감으로서의 자기 존재를 확인해 보는 계기가 된 것이다. 하이데거 식의 "언어는 인간에게 끊임없이 다가오는 존재가 머무는 존재의 집"이 된 것이다.

그 존재의 집에 갇혀버린 '잊혀진 누구', '나 홀로 걷~'는 자들이 모두 익명으로 존재한다. 앞에 인용한 "옆에 선 동행자"(천리포 수목원 이야기), "갈 길을 잃은 가을 숲 속에서/그대와 나 헤매고 싶어"(가을 숲으로), "어느 별에서 왔길래/…한 세월을 우리 사는가"(어느 별에서), "밀물의 창가에서/당신을 기다립니다"(소월미도 찻집) 등이 모두 익명화한 화자와 더불어 그의 상대역(相對役)으로 처리된 것은 이 시집의 특징적인 발상이요 표현법이라 할 수 있다.

또한 이 시집에는 많은 지명이 등장한다. 특정 장소를 상정하고 찾아간다. 시인의 의식 속에 자리잡고 있는 가상 세계와 그 장소나 공간 사이에

상존하는 경계가 없다. 시적 화자는 생존자이거나 죽은 자이거나를 막론하고 그의 가상 세계에서 만나고 헤어지는 언어의 집에, 자의식의 틀에 매몰되어 있는 것이다.

2

버린 수첩

버리려 집어든 옛날 수첩
우루루 쏟아진다 오래된 사연들
잊은 지 오래건만 새삼스러워
하나씩 집어 본다

아, 이런 일도 그런 일도
까마득한 옛날의 수첩

죽은 듯 잠자듯 어디에 숨었다가
눈앞에 어른대는 절절한 얼굴들

빛바랜 축하 전보지
결삭은 옛날 돈
글씨도 제각각 편지 봉투에
쓰여진 옛 주소
한순간에 세월을 거스른다

이젠 모두모두 모아 놓고
작별 인사를 나누자
몸과 마음 가벼이
떠날 채비를 하자.

인간 수명이 백 세 시대를 맞았다. 일단 의학
의 개가라고 불러 보자. 평균 수명은 70대를 넘
어서고 있다. 최근 한국에 백 세를 넘긴 사람이

3천 명을 넘어섰다는 신문 기사를 읽었다. 개화기 때까지만 해도 우리 국민의 평균 수명이 46세 수준이었다는 통계표를 읽은 적이 있던 것을 감안하면, 오늘의 현대인은 1백여 년 사이에 30여 세를 더 산다는 짐작이 간다. 그렇다면 정신 연령에는 어떤 영향을 줄까? 이 문제에 관한 기사를 본 적은 없다.

　김 시인의 〈버린 수첩〉을 읽으며 떠오른 상념이다. 김 시인은 장수(長壽)시대와는 무관한 듯 이 세상을 떠날 준비를 하고 있다. 한평생을 살며 모아 놓았던 애물(愛物)들을 어떻게 처분할 것인가에 관한 우수에 찬 작품이 되었다. "이젠 모두모두 모아 놓고/ 작별 인사를 나누자/몸과 마음 가벼이/떠날 채비를 하자"고 술회한다. 이 시구의 바닥에는 얼마나 많은 회한(悔恨)이 서려 있을까. 얼마나 아쉽고 두려운 감정이었을까를 상상해 보자.

오늘날 장수자들이 상상하는 죽음의 문제와 그렇지 않은 과거 세대의 인식이나 상상에 차이가 있을까? 흥미 있는 문제인 것 같다. 김 시인 한 사람의 상상이 아닌 우리 산 자들 모두의 인생론에 관한 이야기일 것이다.

아홉 살의 나
아버지는 마흔 살, 어머니는 서른아홉
우리들의 이 나이 그것이 이별의 나이

그날이 아버지와의 영이별의 날일 줄을
우리 셋은 아무도 모른 채
그저 행복한 송별의 밤을 즐겼다(중략)
…
그리움의 화석이 되었네.

〈북경의 마지막 밤〉 부분

잠시 떠나 있기 위한 송별 만찬이 영원한 이별의 만찬이 될 줄이야. 꿈속에서도 상상해 본 적이 있으랴. 김 시인의 평생의 트라우마가 된 부친과의 생이별의 가족사를 담고 있다. 살아서 생이별이란 사별(死別)하는 것보다 더 많은 정신적 고통을 안겨 주리라고 생각된다. "그리움의 화석이 되었네"는 〈북경의 마지막 밤〉에서 끝맺는 마지막 결구이다.

김순오 시인의 개인적인 트라우마, 부친과의 생이별이 안겨준 회한의 삶이 이 시집을 탄생시킨 것이라는 생각을 지울 수 없다. 내가 읽은 시집 《초록빛 고백》엔 김 시인의 내면에 흐르는 이별, 죽음 등의 안쓰러운 정서가 짙다.

추기경 스클라페나티(1451년 사망)의 묘비명에는 "왜 죽음을 두려워하는가. 죽음은 우리에게 휴식을 가져다주는데…"라고 적혀 있다고 한다.

종교적인 해석이 아니더라도 우리는 영원한 이별이 또 하나의 신세계로 입성하는 것이라는 긍정적인 세계관이 필요하다고 본다.*

시간의숲은 당신의 시간 속에 자라는 지혜의 나무입니다.

김순오 시집
초록빛 고백
—
초판 1쇄 발행 2017년 4월 3일

지은이 김순오
펴낸이 임영주
펴낸곳 시간의숲
주소 경기도 성남시 분당구 서현로 216, 707호(서현동, 오벨리스크)
전화 070-4141-8267
팩스 070-4215-0111
전자우편 book-forest@naver.com
홈페이지 sigansoop.com
등록 제2016-000001호(2016년 1월 4일)

ISBN 979-11-957491-4-0 03810
정가 10,000원

잘못 만들어진 책은 구입하신 서점에서 교환해 드립니다.
이 책을 발행인의 승인 없이 무단 전재와 무단 복제하는 것은 저작권법에 저촉됩니다.

디자인 WI

이 도서의 국립중앙도서관 출판예정도서목록(CIP)은 서지정보유통지원시스템
홈페이지(http://seoji.nl.go.kr)와 국가자료공동목록시스템(http://www.nl.go.
kr/kolisnet)에서 이용하실 수 있습니다.(CIP제어번호: CIP2017006119)